DANS LA MÊME COLLECTION

CONRAD
Le piège malais (tomes 1 et 2)

COSEY
Le voyage en Italie (tomes 1 et 2)
Orchidea

GRIFFO - VAN HAMME
S.O.S. Bonheur (tomes 1, 2 et 3)

HAUSMAN - DUBOIS
La forteresse de pierre
Le crépuscule des elfes

LAX - GIROUD
Les oubliés d'Annam (tomes 1 et 2)

MARVANO - HALDEMAN
La guerre éternelle (tomes 1, 2 et 3)

WILL - DESBERG
Le jardin des désirs
La 27e lettre

Maquette de la collection : Y. Amateis.

Dépôt légal : novembre 1990 D.1990/0089/83
ISBN 2-8001-1792-3 ISSN 0774-5702

Imprimé en Belgique.

AIRE LIBRE

COSEY

ORCHIDEA

"Toutes nos passions
reflètent les étoiles."

Victor Hugo

DU MÊME AUTEUR

Aux **Editions 24 Heures — Kesselring**
Le retour de la bête

Aux **Editions Publishing & Copyright,**
sur un scénario de Jacques Ralf :
Un shampooing pour la Couronne *(épuisé)*

Aux **Editions du Lombard,**
dans la série **Jonathan :**
Souviens-toi, Jonathan...
Et la montagne chantera pour toi
Pieds nus sous les rhododendrons
Le berceau du Bodhisattva
L'espace bleu entre les nuages
Douniacha, il y a longtemps...
Kate
Le privilège du serpent
Neal et Sylvester
Oncle Howard est de retour
Greyshore Island

Dans la collection **Histoires et Légendes :**
À la recherche de Peter Pan (tomes I et II)

Aux **Editions Dupuis,**
dans la collection **Aire Libre :**
Le voyage en Italie (tomes I et II)
Orchidea

MERCI À
Jonas Cosandey
Jean-Pierre Grandjean
Henry and Nasy Harter
François Matille

Orchidea

LOS ANGELES - DOWNTOWN
BALTIMORE HOTEL
ROSSLYN HOTEL
HOTEL ROSSLYN
HOTEL KING EDWARD
Non, Miss Mac Nally, les petits pots de légumes ne se trouvent pas dans l'armoire : ils sont dans le réfrigérateur...

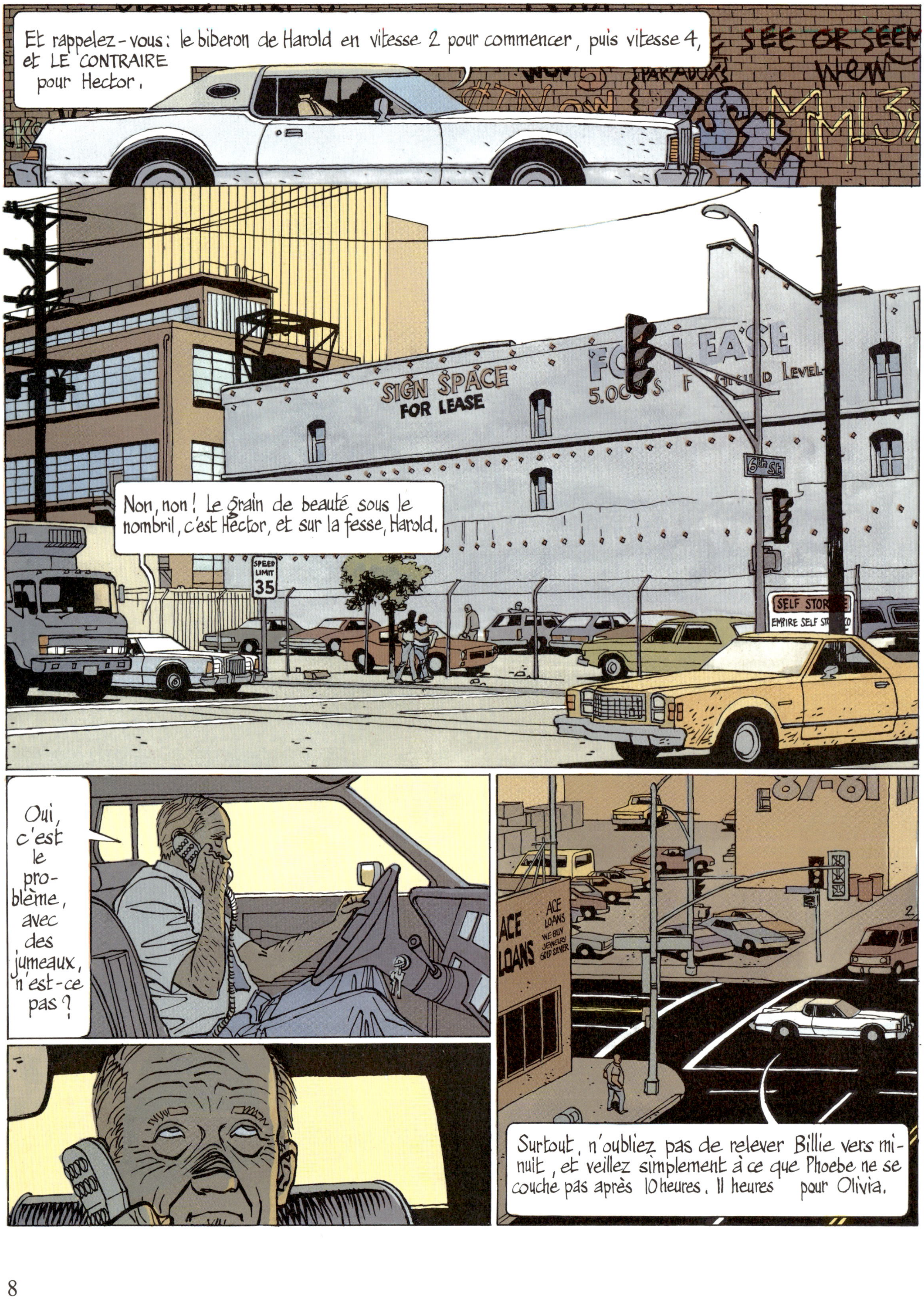
Et rappelez-vous : le biberon de Harold en vitesse 2 pour commencer, puis vitesse 4, et LE CONTRAIRE pour Hector.
SIGN SPACE
FOR LEASE
SPEED LIMIT 35
6th St
Non, non ! Le grain de beauté sous le nombril, c'est Hector, et sur la fesse, Harold.
Oui, c'est le problème, avec des jumeaux, n'est-ce pas ?
ACE LOANS
Surtout, n'oubliez pas de relever Billie vers minuit, et veillez simplement à ce que Phoebe ne se couche pas après 10 heures. 11 heures pour Olivia.

Et Victoria et Merle sont assez grands pour savoir ce qu'ils doivent faire.
CALIFORNIA
2MHF 144
FURNITURE Co
104
C'est ça. Je vous rappelle ce soir.
KLIK
Elle n'a rien compris !...

Quartier pourri... – Ces artistes !
Moi, Ruby...
DRRIIING
BIP Hi! Ici le répondeur de Ruby Humelsine. Ruby est en tournage actuellement, mais elle vous rappellera dès son retour si vous me laissez votre numéro. BIP
Hi, Ruby! Marjorie, ici. Bon, ils ont fait leur casting pour la série TV, tu sais. Désolée, Ruby, mais c'est moi qui décroche le rôle...
...Je donne une soirée mex, vendredi, pour fêter ça. Si tu es libre et que tu n'as pas peur pour ta ligne, fais un saut, j'ai commandé mes tortillas chez Panchito. Adios ! KLIK
Moi, Ruby, me sens jour après jour de mieux en mieux.
Moi, Ruby, me sens jour après jour de mieux en mieux.

Moi, Ruby, me sens jour après jour de mieux en ...
Merde! Merde! Merde! Merde! Et MERDE !!
Je parie que vous ne me croiriez pas si je vous disais avoir l'impression de vous connaître depuis toujours.
American
Gagné.
Et le coup de foudre? Croyez-vous au coup de foudre?
Mmmh...
Une question, encore. — Réfléchissez avant de répondre... Voulez-vous être mon épouse?
Je vois... Pas VRAIMENT, hein?
5

Voilà ! Voilà ! J'arrive !
BZZZZ
Alors ? Comment ça marche, le cinématographe ?
Fort ! Fort ! Ils se battent pour m'avoir ! Vrai ! Je vais enfin pouvoir choisir mes rôles !!
Et moi te vendre cette villa à Malibu !
STOP
4-WAY
STOP

Maman t'a téléphoné, pour Zapata ?
Oui. Je sais.
Arrivals
National
17 ans, ce n'est pas mal pour un chien. Il aura eu une belle vie, finalement.
Le voilà !
Taxi
Comment étaient les hôtesses ?
Que penses-tu de mon nouveau look, Seymour ?
New York me manque déjà.

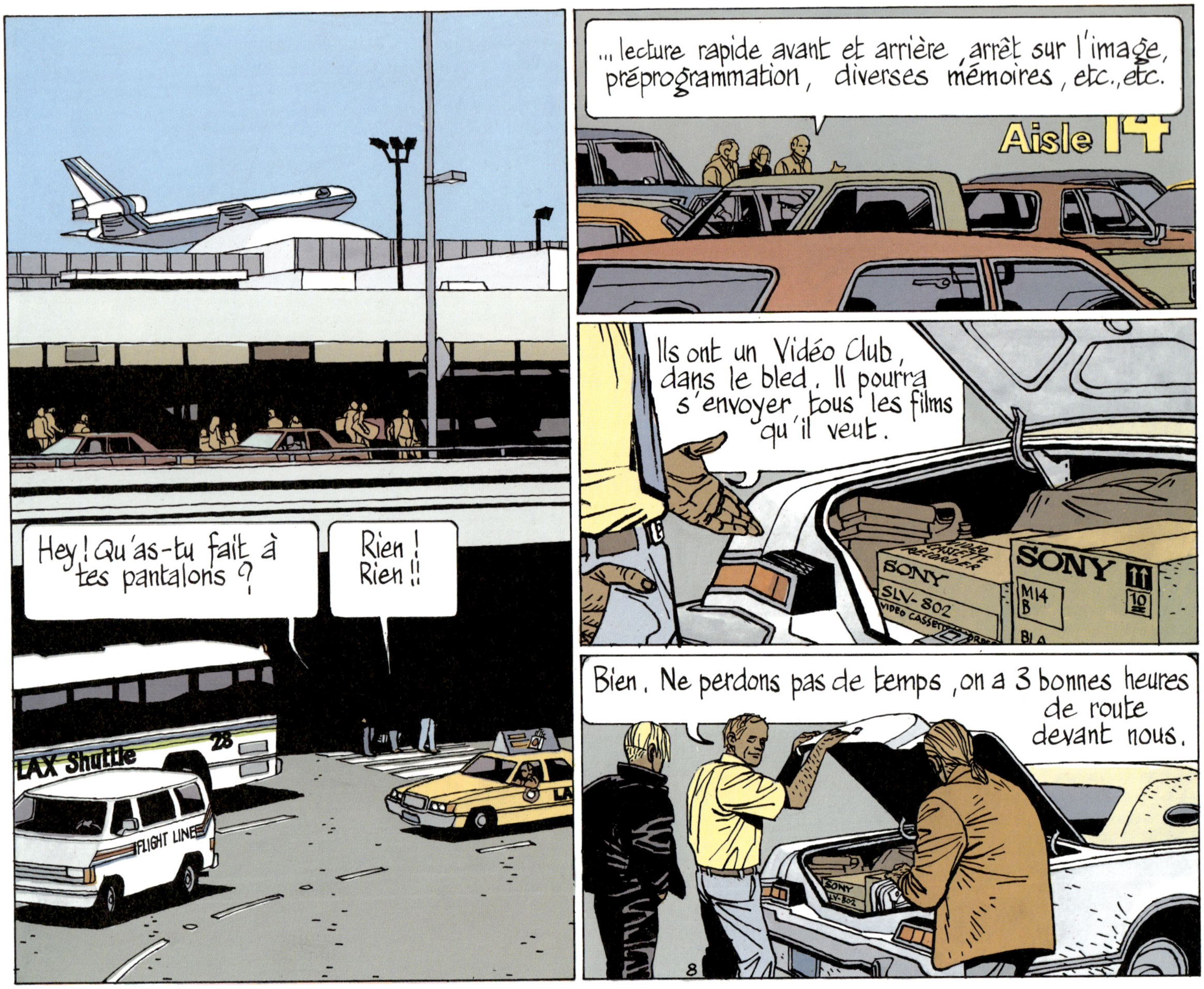
Hey ! Qu'as-tu fait à tes pantalons ?
Rien ! Rien !!
LAX Shuttle
FLIGHT LINE
... lecture rapide avant et arrière , arrêt sur l'image, préprogrammation , diverses mémoires , etc., etc.
Aisle 14
Ils ont un Vidéo Club , dans le bled . Il pourra s'envoyer tous les films qu'il veut .
SONY
SLV-802
SONY
Bien . Ne perdons pas de temps , on a 3 bonnes heures de route devant nous .

Orchidea

363,16 dollars chacun. - Merci.
Hein ?
Oui. 363,16 dollars chacun. Ne prenez pas cet air ahuri !
V. MILLER FURNITURE
O.K. ! O.K. !
J'ai eu maman au téléphone. Elle partait pour un séminaire... "La doctrine secrète du Bouddha à venir"... Quelque chose comme ça.
Toujours derrière ce gourou végétarien qui ne ferait pas de mal à une puce...
Oui... oui...
Elles en profitent lâchement, d'ailleurs...
Mais elle m'a promis qu'elle ACCEPTERAIT de lui souhaiter un joyeux anniversaire au téléphone.
Et les enfants ? Comment ça se passe avec ta petite colonie ?
9

Ça va peut-être vous étonner, mais je me débrouille TRÈS BIEN avec les gosses depuis le départ de leur mère. Déjà pour la première, j'avais...
O.K. Excuse-moi, je suis un peu nerveuse...
Non, vraiment ! Mise à part cette Miss Mac Nally qui ne comprend rien à rien, ça n'était jamais allé aussi bien. Sur ce point-là au moins, je ne tiens pas du vieux...
Virgil, c'est SON anniversaire qu'on va fêter... Essaie de garder le déballage de tes traumatismes pour une autre occasion.
INTERSTATE
10
San Bernardino
605
Freeway
NORTH
Ça fait quand même plaisir de vous retrouver, tous les deux !
Hey !! Voyez ça ! Seymour porte des chaussettes en cachemire !
Wooaaooo !! Ça marche fort, dans la pub !...
Epatés, hein, les provinciaux !
10

Et vous n'avez encore rien vu ! On vient de décrocher un budget à tout casser ! Des pâtes alimentaires dessinées par le carrossier Giugiaro ! Une campagne TV et tout !!...
Etudiées en soufflerie, les pâtes ?
Je viens de refuser un soap opera pour la TV. Alors, je ne vais pas me vendre en fettucina... Et puis, j'ai des projets. Je suis en contact avec Wim Wenders et Jim Jarmusch...
ANKSLEY
SAM
UCKIN.
INC.
ENDLETON
Dis-moi, Ruby... je me suis toujours demandé...
Ton film, là, avec le grand brun... la scène du baiser... Est-ce que tu desserres les dents et que sa langue s'affaire à l'intérieur de ta bouche ? - Ou alors es-tu doublée ?
J'ai même pensé à toi, Ruby, pour le spot TV...
Oh, tu veux rire ? Ruby Humelsine dans un spot pour des pâtes italiennes !!
Pauvre Virgil !...
Non, simplement je trouverais légitime de savoir si ma sœur est - ou n'est pas - un bon coup.
MOTEL
REFRIGERATION
VACANCY
TV
K
FOOD STORES
LIQUOR
EXXON
COPPER
U-HAUL
TRUCKS
$19.95

Je ne sais pas pourquoi, mais j'ai le trac.
LOCAL WATERMELON 10¢ lb
Tu te sens obligée d'être angoissée depuis qu'on t'a enseigné que les meilleurs acteurs étaient sujets au plus grand trac...
Non, je ne plaisante pas...
Tu as peur de ne pas le reconnaître ?
Ne t'inquiète pas, tout ira bien... -J'ai mis ma veste porte-bonheur !
On est coincé, là-derrière !
On approche !
Je me demande tout de même s'il n'aurait pas mieux valu le prévenir...
Non ! Non ! Surtout pas ! Et la surprise, alors ?

A mon avis, il doit se douter de quelque chose... On n'allait pas oublier ses 80 ans !
Il a bien oublié mes 20 ans, lui !
Ruby, tu ne penses pas qu'il serait temps de devenir grande ? Notre père est AUSSI un homme. Un homme comme les autres.
Ce qui m'inquiète, c'est qu'il soit un homme comme vous deux...
BIG BEAR RESTHOME FOR THE ELDERLY
WELLCOME TO BIG BEAR
Pas fâché d'arriver !
Un... un instant, je... j'appelle la directrice.
AMERICAN ASSOCIATION OF RETIRED PERSONS
AARP
13

La directrice ?...
Nous avons un petit problème... Monsieur Ellsworth Humelsine a disparu depuis quatre jours.
Nous avons attendu quelque peu avant de signaler sa disparition : c'est la troisième fois que votre père s'absente ainsi. Mais jusque-là, il revenait dans les 24 heures. Bien entendu, impossible de se faire la plus vague idée sur la nature de ses ... éclipses...
Croyez bien que...
Nous croyons... nous croyons...
La seule information dont nous disposions actuellement est une lettre arrivée hier d'une agence immobilière à Globe, Arizona. Nous l'avons ouverte à la demande de la police.
CASTEL REAL ESTATE COMPANY
712 THORNTON'S MINE AVENUE - P.O. BOX AA · PHONE (602) 863-5872
GLOBE, ARIZONA
June 23, 1989
Mr Ellsworth Humelsine
Big Bear Resthome
Big Bear City
Quoi ?! Il se faisait envoyer des offres de vente d'immeubles en Arizona ?...
Selon un téléphone avec cette agence, Mr. Humelsine ne donnait plus suite depuis plusieurs mois...
14

Bouquins, éternels costumes gris ; apparemment, tout est resté là.
C'est pourtant une bonne chambre. Bain, w.c., vue sur le lac...
Il a emporté sa brosse à dents.
Le vieil Ellsworth a mis les voiles ? Bon débarras !!
Bon débarras ?
Oui ! Vous parlez d'un empêcheur de tourner en rond ! Pas moyen de regarder tranquillement nos programmes, à la télé !...
Vous savez, la série scientifique de la BBC, "Les Mystères de l'Univers". Eh bien, Monsieur le Professeur Ellsworth Humelsine avait décidé que le contenu de ces émissions n'était qu'un "ramassis de niaiseries et de balourdises gnangnan" !
Le vieux fou prétendait couper le son pour nous expliquer en quoi et comment les plus grands cerveaux de la planète se mettaient le doigt dans l'oeil !!
Le doigt dans l'oeil ! PFFFF !!
Il avait bien parlé d'un problème de programmes TV – d'où l'idée du cadeau – mais de là à faire des fugues !
Il y a aussi ce détail... troublant. Nous avons retrouvé ses draps noués à la fenêtre. Or, votre père savait parfaitement que la porte reste toujours ouverte...
15

Ellsworth s'absentait tous les jours, " pour de longues promenades ", disait-il...
Je l'ai aperçu un jour au Longhorn - le bar du coin. En fait, il y passait tous ses après-midi.
Et puis, il s'est mis à écrire. Il envoyait plein de lettres - en Arizona - avec cet air de conspirateur. La veille de sa disparition, je l'ai croisé dans les escaliers. Le cheveu en bataille, une chaussette grise, l'autre noire ... il a articulé quelques mots...
Une histoire d'étoiles et de vie dans l'univers. Une affaire qui dépassait tout ce que la NASA et l'AIR FORCE réunies avaient jamais conçu !! Rien de moins !...
ORCHIDEA !! Voilà, ça me revient. NOM DE CODE : ORCHIDEA. Mais si vous voulez mon avis, le vieil Ellsworth déraillait à mort !...

Orchidea

COFFEE SHOP BAKERY
GENERAL STO
BAKERY
TEXACO 117-120
CABINS MOTEL
SMOKETREE
Une histoire d'étoiles et de vie dans l'Univers?...
Nous avons fait l'acquisition du dernier modèle Apple, à l'agence. Je pourrais tenter de m'introduire dans l'ordinateur de la NASA, à tout hasard...
Tu regardes trop la télévision, Seymour.
LONGHORN BAR
LIVE ENTERTAINMENT EVERY SAT. NITE 8:00 P.M.
KICK UP YOUR HEELS WITH OUR COUNTRY MUSIC
FORD
Désolé, mais si vous avez soif, il faudra patienter.
17

Ma barmaid ayant pris le large, je suis obligé de fermer pour aller m'approvisionner.
ORRY... WE ARE CLOSE
Ainsi, vous êtes des amis du vieil Ellsworth...
De vieux amis...
J'aurais voulu vous aider, mais... je ne l'ai jamais vu qu'entrer et sortir. Je tiens le garage, moi. C'est Rosita qui était au bar.
Et cette Rosita ? Où peut-on...
Aaah, ça! Aucune idée! Mais vous pouvez toujours aller voir sa mère. Mistress Velda Rose. Elle habite à l'entrée du village. Elle saura peut-être...
FAWNSKIN MARKET BEER WINE
GENERAL STORE
MARKET
BUD LIGHT
Rosita Rose!! Ce n'est pas un nom, c'est un pléonasme!
18

Vous arrivez 5 minutes trop tard! Rosita vient de m'appeler ...
... contaminé par l'acier, le zinc et autres matériaux toxiques ...
Economisez 20 dollars par commande ...
– Cessez de m'appeler Slim. – O.K., Slim! ...
... journée ensoleillée, à l'exception de ...
– Ce qui m'étonne, c'est cette manie de comparer notre musique ...
... condamnés pour leur rôle lors des manifestations d'étudiants ...
... autour de Clark pour son troisième essai. Attention, c'est parti ...
... le site de la Franciscan Ceramics Factory à Los Angeles ...
... avec notre 5% de rabais ...
– Slim, avez-vous déjà été piqué par une guêpe morte? ...
... quelques nuages en provenance de la côte. Les températures: Beaumont : 52-83 ...
... 24-7 Spyz n'a rien à voir avec Living Colour ...
... ont été exécutés publiquement vendredi à Pékin ...
... avec un score de 2 à 0 ...
FRANCISCAN
LOS ANGELES
CNN NEWS
Elle téléphonait d'une cabine. Elle a dit qu'elle rappellerait dans quelques jours.
Sa voix était bonne. – Je me suis fait un sang d'encre pour elle, vous savez. Quel salaud, ce type!!
... pourrait être destiné à la construction d'une nouvelle High School ...
... pour ce superbe assortiment de casseroles aux motifs ...
... – Une guêpe morte? ...
... Burbank 60-78 Fillmore 60-78 Monrovia 56-83 Northridge 58-80 Ontario 61-82 Pasadena 56-80 Riverside 58-83 San Bernardino 59-83 San Gabriel 58-78
... ou Fishbone et Bad Brains. Ce que nous voulons, c'est retrouver ...
... A Washington, le Secrétaire d'État James Baker a exprimé les profonds regrets ...
... On exulte dans le camp des Giants, et le manager de Cincinnati Reds ...
Quel type?
Bobby, le fils du drugstore, là-bas... Vous pouvez dire qu'il lui a déchiré le coeur, ce sacripant!
... Le cruel manque de terrains attribués au Service de l'Education ...
... printaniers.
... – Une guêpe morte, non, jamais ...
19

...Santa Clarita 54-81, Woodland Hills 56-83,...
Une fille si gentille, si...
To Velda
Gary Cooper
...cet esprit des sixties, cette expérimentation. Marre de la Fax Machine...
Vous avez connu Gary Cooper ?
Aaah, mais nous avons tourné ensemble ! C'était un partenaire charmant. Je me souviens...
...de l'administration Bush. Cependant, aucune sanction supplémentaire n'est décidée à ce jour.
...vieil habitué de Riverside Stadium...
Une authentique star ! 5 secondes pour traverser l'écran derrière le père Cooper !
Ce que tu peux être mauvaise ! Et dans ce cas, pourquoi n'as-tu pas cessé de la mitrailler de questions ?
Quoi ? Hein ? Je n'entends plus rien !
Tu parles d'une visite édifiante ! Nous voilà bien avancés !
Reste cette agence à Globe...
Globe... ... Là !
Quoi ?! Cette agence immobilière ! Enfin, c'est ridicule ! Ils ont perdu le contact avec lui... On ne va pas...
Que proposes-tu ? Rester ici jusqu'à dimanche soir ? On peut être là-bas demain à midi... Je suppose qu'il y a d'autres agences à Globe.
PIZZA
OPEN
20

400 miles et retour pour des prunes ! On ne le retrouvera pas comme ça.
Ne fais pas cette petite bouche, Virgil. On partagera les frais d'essence.
Tu sais ce que j'en fais, de tes frais ?
Et cette agence !! "Castel Real Estate !!" Il aurait pu s'adresser à moi, non ? Il sait que je suis dans le milieu !
Il y a au moins une chose dont nous sommes sûrs, maintenant : la victoire des Giants par 4 à 1 !...
Très drôle !...
Je t'ai vue dans cette pièce française à la TV, Ruby...
" Des Journées entières dans les arbres ", de Marguerite Duras.
Oui, c'est ça. Tu étais très bien. — Vraiment !
Elle jouait le rôle de l'écureuil ?
21

Ruby... ça va ?
Merveilleusement bien !! Ça ne pourrait pas aller mieux ! MAIS OÙ EST-IL, BON SANG ?
Ne commence pas à peindre tout en noir ! Je ne vois aucune raison de s'inquiéter. — D'ailleurs nous savons qu'il a emporté sa brosse à dents...
Blythe Phoenix
Dillon Rd Coachella
EXIT ONLY
Et alors ? Depuis quand les brosses à dents protègent-elles des infarctus et de l'artériosclérose ?
22

Je repense souvent à ma chambre...
...Cette voie lactée qu'il avait peinte au plafond... J'y repense toujours dans les moments de cafard...
NAVAJO MOTEL
AIR COOLED
VACANCY
Coffee Shop
OFFICE
Il nous reste encore deux chambres.
NO PETS
Bonne nuit, Billie, bonne nuit ! Tu me passes Phoebe, maintenant ; après, je parlerai à Olivia, d'accord ?
THE ARIZONA REPUBLIC
Los Angeles Times
Dors bien, Olivia ! C'est au tour de Victoria, là ; puis, je prendrai Merle avant de parler à Miss Mac Nally pour les jumeaux...
23

...et à quelle heure finissez-vous votre service ?...
Seymour, arrête...
Tiens, Blanche-Neige ! - Comment vont les sept petits nains ?
Ne faites pas attention ... Et n'hésitez pas à m'appeler si cet individu s'avisait de vous importuner.
24

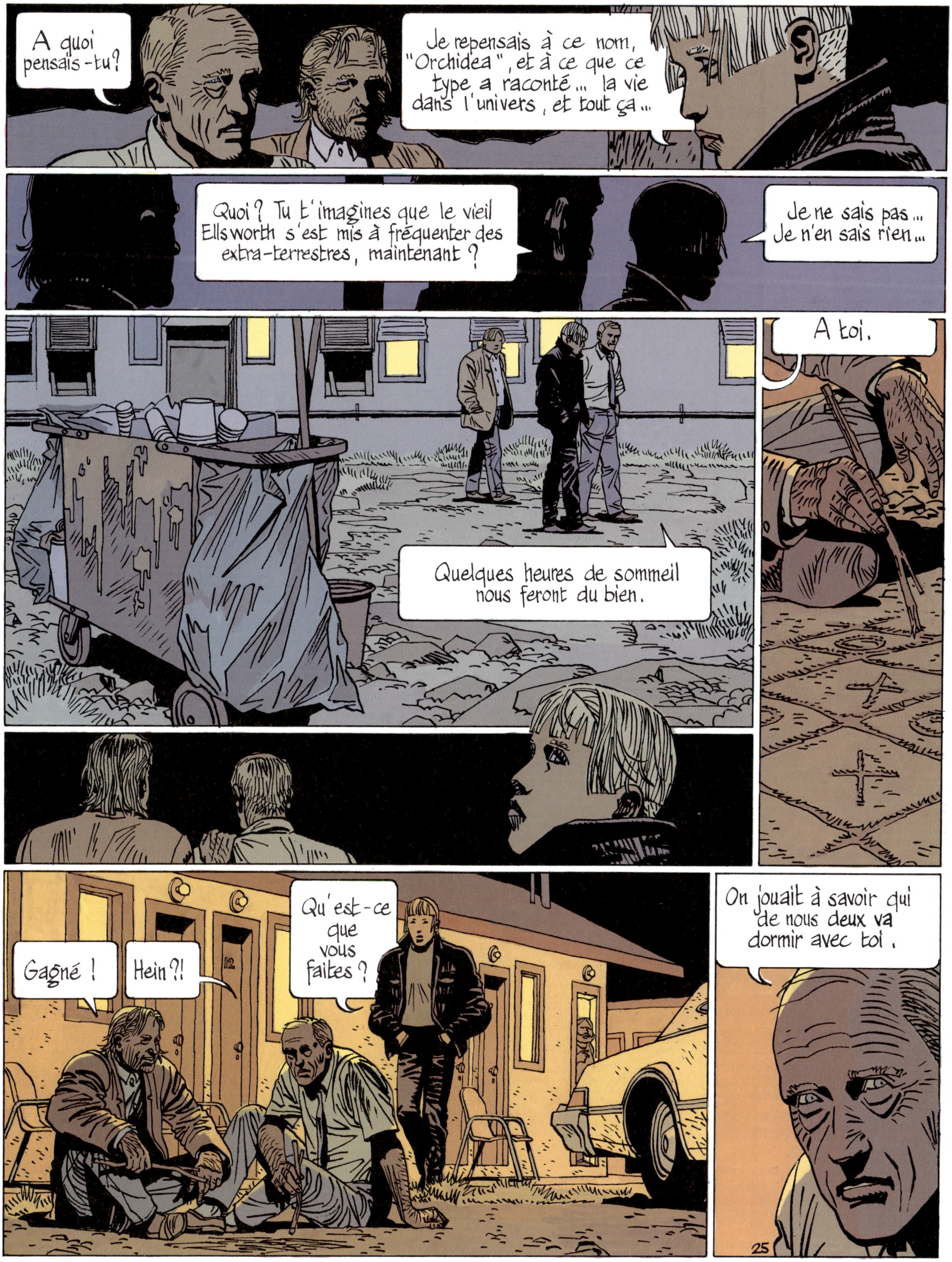
A quoi pensais-tu?
Je repensais à ce nom, "Orchidea", et à ce que ce type a raconté... la vie dans l'univers, et tout ça...
Quoi? Tu t'imagines que le vieil Ellsworth s'est mis à fréquenter des extra-terrestres, maintenant ?
Je ne sais pas... Je n'en sais rien...
Quelques heures de sommeil nous feront du bien.
A toi.
Gagné !
Hein?!
Qu'est-ce que vous faites ?
On jouait à savoir qui de nous deux va dormir avec toi.
25

BANDE DE DÉGÉNÉRÉS !!
Vous ... vous me faites pitié !!
26

Orchidea

27

Arrête-toi un instant, veux-tu...
Tu as remarqué ?... Seymour... Il est bizarre...
Je suppose qu'il s'inquiète, lui aussi. Il m'a réveillé cette nuit pour me parler des milliers de personnes qui disparaissent chaque année...
Il a réagi étrangement, quand je lui ai annoncé... pour Zapata. Je ne l'avais pas vu comme ça depuis longtemps.
Enfin, c'est de l'histoire ancienne! Voilà 15 ans qu'ils ont emmené ce chien! - D'ailleurs il a été bien plus heureux, là-bas en Idaho!...
Ça ira mieux dès qu'on aura retrouvé papa...
Oui... Dès qu'on l'aura retrouvé...
Tout est O.K., Seymour?
Tout est très O.K.!

Il était parfois cruel, avec maman...
Ces tests de Q.I. qu'il lui proposait, le matin au petit-déjeuner, simplement pour l'humilier...
23014
18507
43102
WYOMING
NEVADA
MISSISSIPI
MAINE
On est vraiment coincé, là-derrière !
Tu parlais de Wenders et de Jarmusch, Ruby ?
Ooh, ça va ! N'essaye pas de te payer ma tête ! Vous savez bien que c'est du flan, tout ça. Je cours les auditions pour récolter quelques rôles minables dans des séries B... -Je me demande si j'ai bien choisi ma voie...
Eh ben, les copains, c'est pas la joie, ce matin !
C'est vrai, je ne suis même pas capable de pleurer sur commande ! Déjà, à Atlanta, je devais m'arracher les poils du nez pour parvenir à verser quelques larmes en présentant mes résultats scolaires.
Si tu y tiens vraiment, je peux essayer de te faire pleurer.

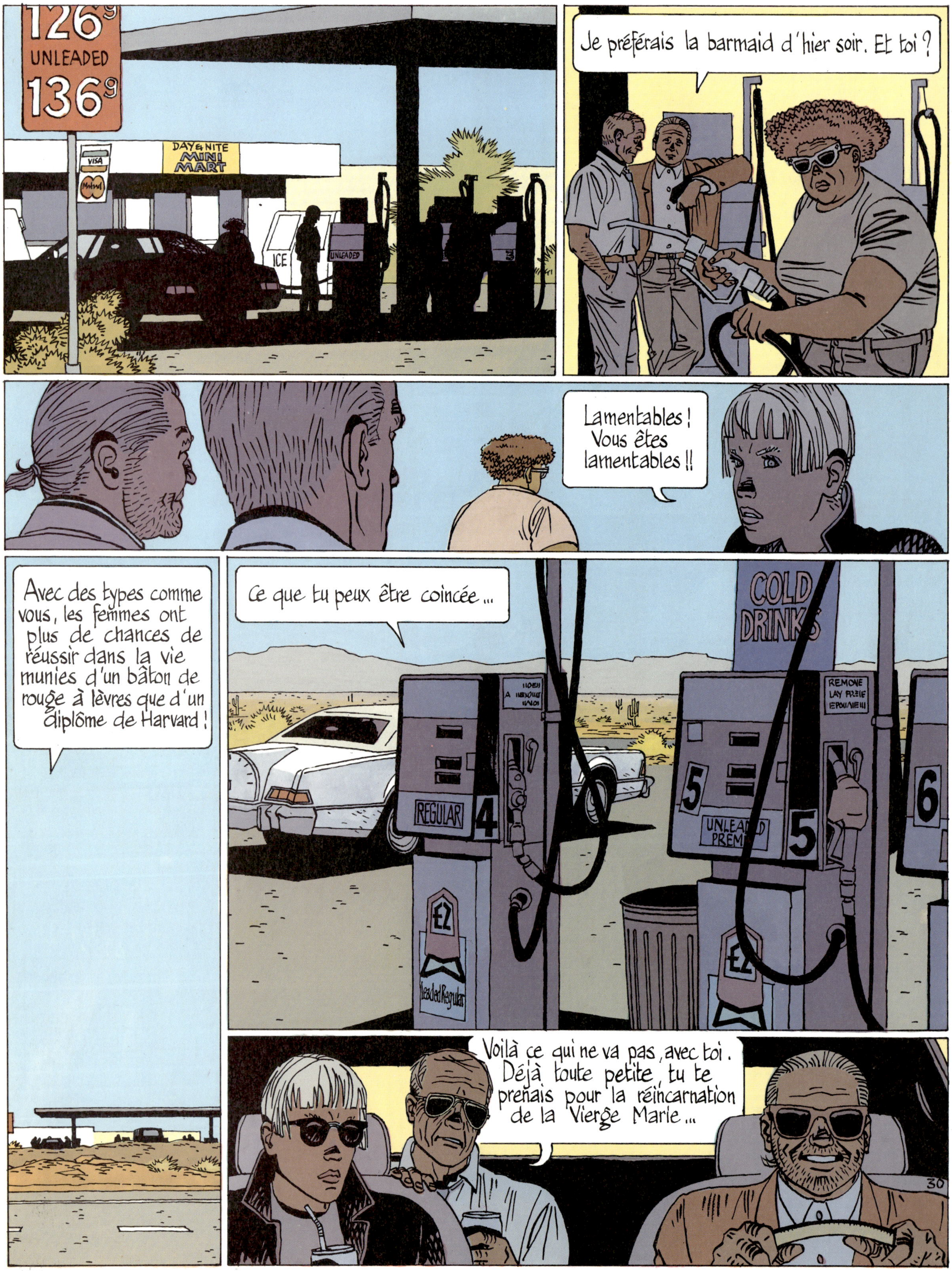

UNLEADED
DAY & NITE MINI MART
VISA
ICE
Je préférais la barmaid d'hier soir. Et toi ?
Lamentables ! Vous êtes lamentables !!
Avec des types comme vous, les femmes ont plus de chances de réussir dans la vie munies d'un bâton de rouge à lèvres que d'un diplôme de Harvard !
Ce que tu peux être coincée ...
COLD DRINKS
REGULAR
Voilà ce qui ne va pas, avec toi. Déjà toute petite, tu te prenais pour la réincarnation de la Vierge Marie ...

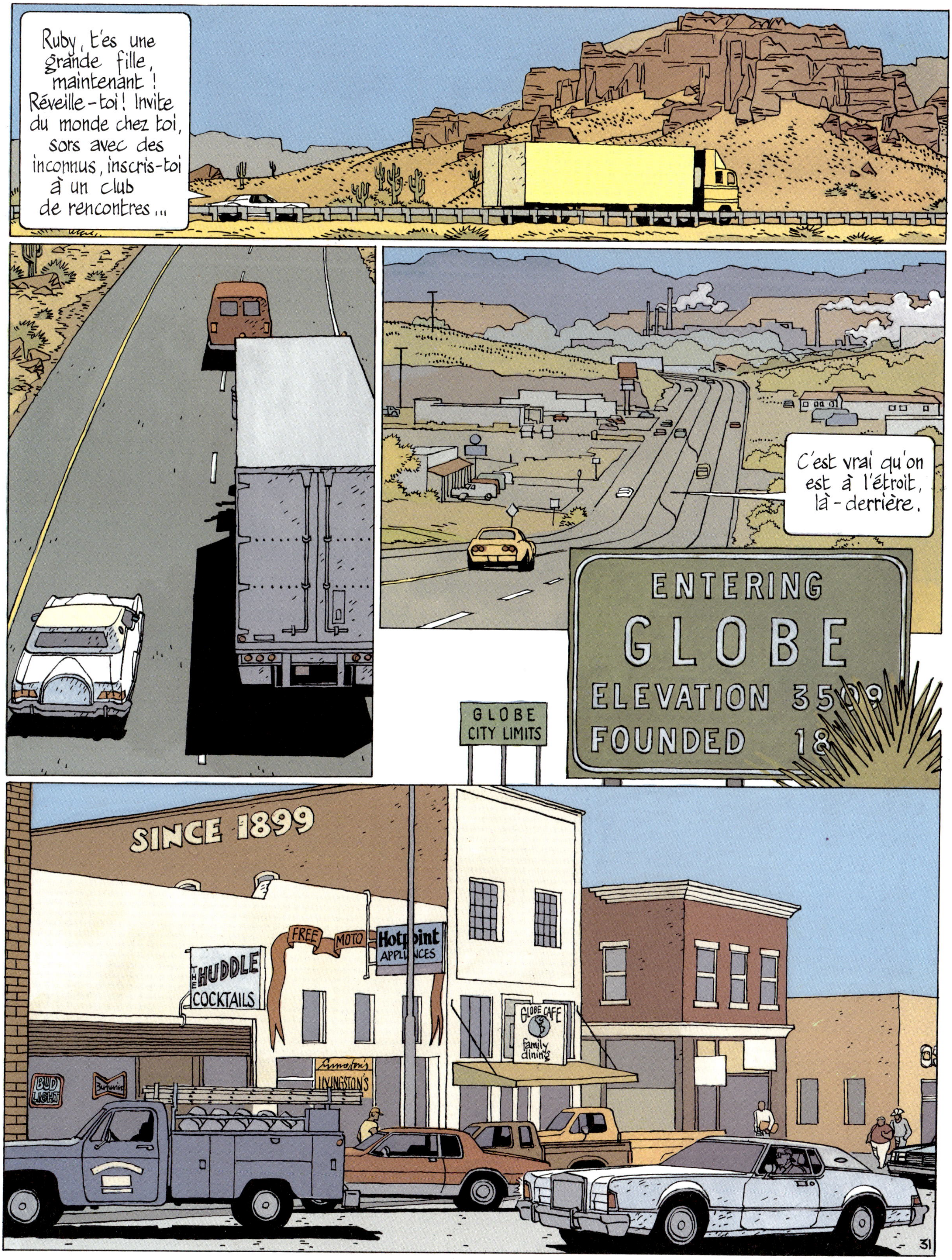
Ruby, t'es une grande fille, maintenant ! Réveille-toi ! Invite du monde chez toi, sors avec des inconnus, inscris-toi à un club de rencontres...
C'est vrai qu'on est à l'étroit, là-derrière.
ENTERING
GLOBE
ELEVATION 35
FOUNDED 18
GLOBE
CITY LIMITS
SINCE 1899
FREE
MOTO
Hotpoint
THE HUDDLE
COCKTAILS
GLOBE CAFE
Family dining
BUD LIGHT
LIVINGSTON'S

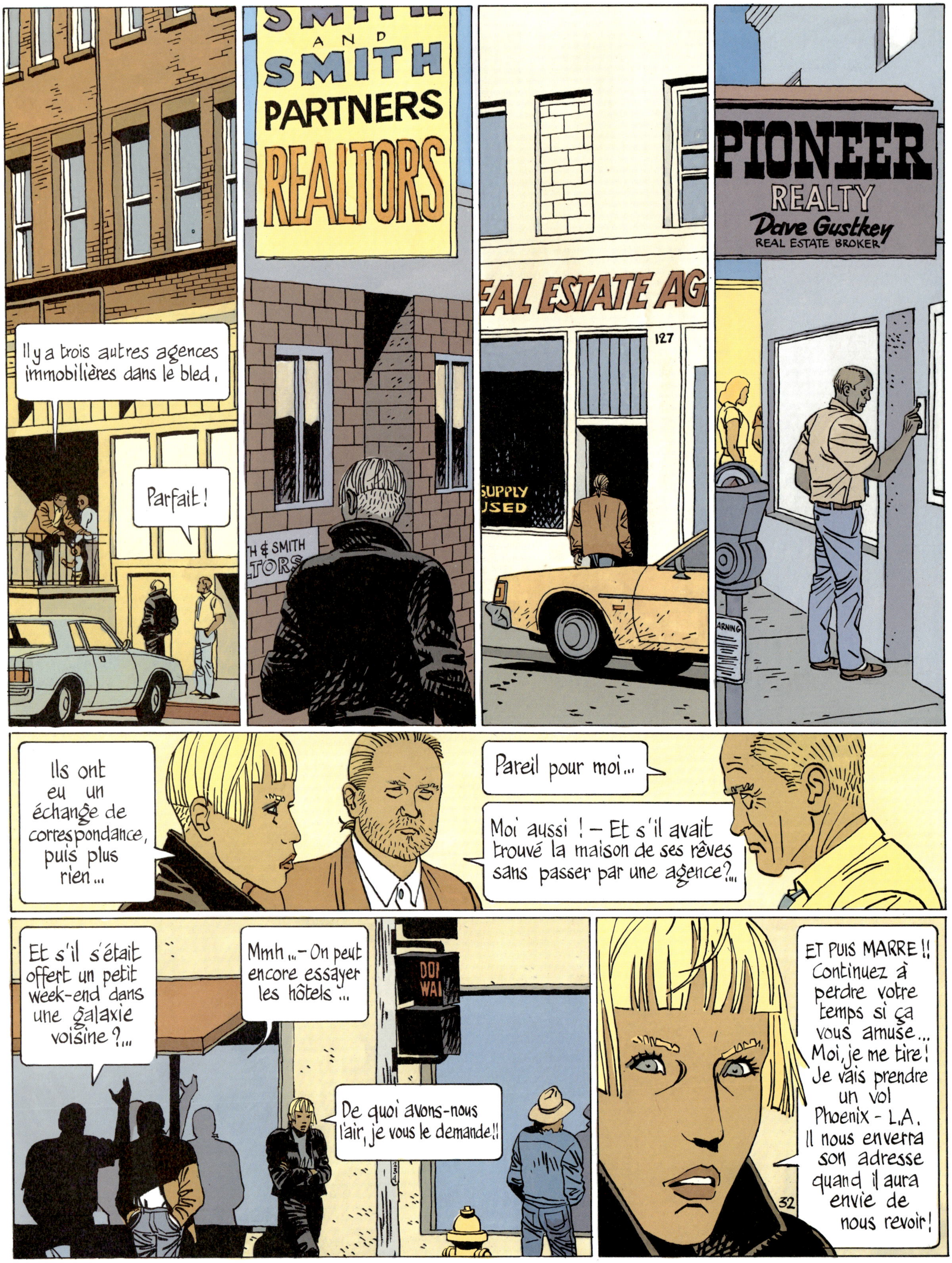
SMITH AND SMITH PARTNERS REALTORS
Il y a trois autres agences immobilières dans le bled.
Parfait !
TH & SMITH
TORS
EAL ESTATE AG
127
SUPPLY
USED
PIONEER REALTY
Dave Gustkey
REAL ESTATE BROKER
ARNING
Ils ont eu un échange de correspondance, puis plus rien...
Pareil pour moi...
Moi aussi ! — Et s'il avait trouvé la maison de ses rêves sans passer par une agence ?...
Et s'il s'était offert un petit week-end dans une galaxie voisine ?...
Mmh ... — On peut encore essayer les hôtels...
DO
WA
De quoi avons-nous l'air, je vous le demande !!
ET PUIS MARRE !! Continuez à perdre votre temps si ça vous amuse... Moi, je me tire ! Je vais prendre un vol Phoenix - L.A. Il nous enverra son adresse quand il aura envie de nous revoir !
32

Et si vous voulez tout savoir, marre aussi de votre compagnie, de vos gags de demeurés, et de votre rachitisme spirituel !
Voilà ce que je craignais : Ruby nous fait une rechute d'abandonnisme !
Notre "rachitisme spirituel" ?!
SALUT !!
Où vas-tu ? Tu retournes à ton caisson à oxygène ?
FURNITUR
PHONE GA 522 11
NEW & USED
Non ! Ne bouge pas ! Tu la connais... Allons plutôt boire un verre.
ES & THINGS
USED
THRIFT STORE
Tu vois ce qu'il y a : elle étouffe d'égocentrisme.
Lorsque Merle est né – Merle, c'est l'aîné –, elle a dit à tout le monde : "Virgil a eu un petit NEVEU" !
Schlitz
Virgil ! Vise un peu...
33

Viens, "Ruby Tuesday"! On va s'envoyer un steak grand comme ça! – Ou un homard ? Tu préférerais un homard ?
2 00 AM TO 6 00 AM
TWO HOUR PARKING
Je ne me supporte plus moi-même ! Je suis tellement lâche !...
Je suis revenue uniquement par lâcheté ! Je suis incapable de vivre dans ce loft immense ! Je meurs de trouille, là-dedans ... Et ce quartier ! Si sinistre, la nuit !...
Tout ça pour entretenir mon image ! Etre dans le coup ! Une artiste ne peut pas habiter un bête appartement !
Charcoal STEAKS
Voilà ce qu'il nous faut. On va se taper la cloche !
BAKERY AND COFFEE SHOP
YES, WE'RE OPEN
OPEN
Une minute ! – Ruby, souffle un peu vers moi ...
Ton haleine ! Non !! C'est pas vrai ! Tu as refait ta crise !!
Quand Ruby est revenue, après onze mois dans cet ashram en Inde avec maman, la première chose qu'elle s'est empressée de faire a été de se gaver de ces petites boules de malt !!...
Whoppers
Malted Milk Candy
Et elle en a plein les poches !
Ne me touche pas !!
Qu'est-ce que c'est que cette histoire de crise ?
34

Ça va mieux, maintenant?
Nettement mieux !
Je propose de lancer un dernier coup de fil à Big Bear, au cas où ils auraient du nouveau...
OK. J'y vais.
STOP !! Ruby ! Les petites friandises... — Sur la table !
Pffff !!...
MEN
LADI
MALTED MILK CANDY
Bubble Yum 10¢
DONKEY KONG JUNIOR
MEN
LADIES
35

LOS AMIGOS LOUNGE
RRRRRR
DADDY !!!
NO PARKING
ELLSWORTH !
ELLSWORTH
RROOOORR
ELLSWORTH !!
Jeep
ARIZONA
1058-NR
Daddy !...
MEN & BOYS
PEPSI
36

Orchidea

Là-bas ! Il a disparu au bout de la rue !
Je prends la voiture ! Courez ! Ne le perdez pas de vue !
Ooooh, non !
PWEEE-EEEEP
Je vois. Monsieur est mélomane, hein ? Et avec cravate ! Tel que je les aime !...
EEE...
Quel péquenot ! Quel fichu bouseux de péquenot !!
Fonce ! Fonce !!
37

Et maintenant ?
Si au moins j'avais relevé le numéro de plaque... Ça s'est passé si vite !
Bravo, Ruby .
Virgil ! Ta cravate !?...
Oooh, ça va, hein !
WUUUUU
SHERIFF
Alors, les Californiens, on part sans payer son steak ?! — Sans doute la dernière mode sur la côte ouest ?
MOTHER LODE
ICE
GENERAL STORE
MARKET
Encore heureux qu'on ne se retrouve pas en taule !...
En tout cas, mon idée de pousser jusqu'à Globe n'était pas si mauvaise .
Peut-être... et après ?...
RDWARE
UMBING
TING GOODS
GE
S
BAIT
TACK
J'y pense... Il nous reste une possibilité ...
38

Southwestern Bank, Hello!
Hello! Vous me passez Pamela, au Service des crédits hypothécaires.
Le Professeur Ellsworth Humelsine a acheté un bout de terrain, avec quelques murs, dans la région. L'adresse: Gila Avenue. -Qu'est-ce qu'on attend?
Je me demande parfois ce que vous feriez sans moi.-Je ne vous avais jamais parlé de Pamela, la grande rousse?
J'ai bien failli ne pas le reconnaître!... Il portait un T-shirt rose.
Un T-shirt rose?!
Ce sera la prochaine à gauche.
GILA AVE
Qu'est-ce que c'est que ce trou perdu?!...
39

Vous ... vous voyez ce que je vois ?!
Cette fois, j'ai vraiment le trac ! On peut s'arrêter une min ... ?!!
...
2MHF 144
40

Orchidea

CHE O ET
TOK TOK TOK
REPASSEZ PLUS TARD ! 'PAS L'TEMPS !!
CHEVROLET APACHE
O.K. ! ON REVIENDRA L'ANNÉE PROCHAINE.
?
Cette voix ... – Ça par exemple !

Ça, par exemple !!
Qu'est-ce que c'est que ce T-shirt rose ?!
Dad, ce ... cet observatoire ... Tu n'espères pas percer le mystère des trous noirs avec ça ?
Les trous noirs ? Pas précisément ! Ha ha ha !! Ruby ! Toujours plus belle !
J'ai une mauvaise nouvelle : Zapata est mort.
Aaah, le cycle de la vie, la mort ... C'est merveilleux, les enfants ! — Zapata était un bon chien. Dieu ait son âme.
Suivez-moi ! Il y a des bières fraîches à côté.
ROSITA ? ROSI-I-I-I-ITA !
?
Je suis là, Pupuce !
Regarde cette belle terre ! On va pouvoir planter des fraises !!

Rosita, vise un peu ces trois touristes... Tu ne vois pas un air de ressemblance? Ils ne te rappellent pas quelqu'un ?...
Oooh ! Vous ... vous êtes les enfants de Pupuce ?! MAGNIFIQUE !!
Seriez-vous ... Rosita Rose, par hasard ?...
Oui ! Oui ... comment avez-vous...?
Regardez ! N'ayez pas peur ! Approchez-vous ! Le gynéco a fait une échographie : ce sera une fille ! Une adorable petite fille !!
Pose ta main là, on la sent bouger ! Nous l'appellerons Orchidea.
Orchidea ! C'est mignon, n'est-ce pas ?
Pourrait-on m'aider à ..?
Ruby !
C'est cette chaleur ! – Voilà de l'eau glacée.
43

Par ici les garçons !
J'ai acheté l'ensemble – abandonné depuis plusieurs années – pour presque rien ! Puis j'ai fait installer ce bar...
Un bar !!!
Oui ! La nuit, les clients pourront profiter de la lunette. Bonne idée, non ? – Bourbon, Messieurs ?
Elle a déclenché une "réaction en chaîne", hein ?
44

Mais comment espères-tu attirer des clients? Personne ne passe ici! Vous n'aurez pas foule...
C'est encore mieux, non? On n'a pas l'intention de se crever au travail!!
Vous restez quelques jours, hein? L'inauguration a lieu lundi soir. On va vous faire un peu de place. — Quel plaisir de vous voir ici!!
"Pupuce"! Elle l'appelle "Pupuce"!!!...
Ruby, détends-toi, tu vivras plus longtemps! — Je la trouve très bien, moi, cette Rosita...
Quand je pense que je n'ai pas fermé l'œil de la nuit en m'inquiétant pour son système artériel, alors que le vieux fou nous fabriquait une petite soeur!!
Et cette histoire d'échelle de draps! J'ai cru un moment qu'il était devenu sénile... — Tu parles! — C'est maman qui avait raison: Il n'est pas encore sorti de l'enfance!!...
Tu es rassurée, mainte-nant!
Laisse-toi aller, Ruby! Tu vas l'adorer, leur petite Orchidea!
Dépêchons! Je sens le fumet des enchiladas! On ne va pas faire attendre "Belle-Maman", ça pourrait déclencher les contractions!
Et vous l'attendez pour quand?
Appelle-moi Rosita, ce sera plus simple...
Je vais téléphoner à maman... Elle a promis de te parler. Dis-lui quelques mots, au moins pour faire plaisir à Ruby...
O.K., O.K.!
45

J'ai la ligne. Tu viens ?
J'arrive !
Qu'est-ce qui se passe ? Tu consens à me parler après dix ans de silence !... Tu espères obtenir un bonus sur ton karma ?
Elle a raccroché !...
Happy Birthday to you avec un jour de retard Happy Birthday to you Happy Birthday to Ellsworth, Happy...
SONY
SLV-802
C'est étrange... Je viens de comprendre quelque chose, pour Zapata...
46

J'ai été malheureux quand il a fallu le donner... Malheureux comme un gamin qui perd son chien ... Pourtant ...
Seymour, tu ÉTAIS encore un gamin ...
... Tu sais bien que ça devenait impossible — les voitures, tout ça ... — Il a été bien plus heureux, là-bas en Idaho. Je croyais que tu avais compris, depuis le temps.
Oui, je sais, bien sûr ! Pourtant... ça ne m'était jamais venu à l'idée, mais... Je viens de comprendre que ... que nous l'avons TRAHI !
Il était notre meilleur ami, et nous l'avons trahi ! On l'a laissé emmener en se contentant de pleurer sur nous-mêmes !...
Allons, Seymour, c'est cette Tequila qui ne t'a pas convenu ... — Il repose en paix, maintenant. Il nous avait oubliés depuis longtemps.
Mais à quoi joue-t-il, à son âge ?!! Il s'amuse à préparer une veuve et une orpheline, voilà ce qu'il fait !...
R-U-B-Y !!
47

Miller
HIGH LIFE
SOYOUZ
Coors
Et cinq "Hamburgers Galactiques", cinq ! —A table, les enfants !
48
THE ARIZONA REPUBLIC
"... les scientifiques se sont donné jusqu'en juin 1990 pour établir un bilan de leurs connaissances au sujet des phénomènes de pollution liés à ... "
C'est dans leur tête qu'il se trouve, "l'effet de serre" ! Avec leur Big Bang de salon !...

Ces vieux gâteux, en Suède ! Ils m'ont oublié, les fossiles ! Attends qu'ils retrouvent la mémoire, et je me ferai une joie de le refuser, leur Nobel de mes deux !
On a bien avancé aujourd'hui !
Budweiser
DRINK Coca-Cola IN BOTTLES
Fleetside
Il est tellement mignon ... Et si gentil. Il dit que je suis le sel ET LE POIVRE de la vie !...
Sans lui...
Il m'a redonné le goût de vivre...

CACAHUÈTES, AMANDES SALÉES, CHIPS MEXICAINES !...
J'ai dévalisé le Drugstore... Encore un peu et j'emballais la caissière ! – Vous avez tout manqué, les garçons...
Une créature de rêve !... Judicieuse combinaison de Mae West, la Joconde et Minnie Mouse ! –Je pense y retourner tout à l'heure...
"Mae West, la Joconde et Minnie Mouse", hein ? ET MARILYN MONROE PEUT-ÊTRE ?!...
TIENS ! TIENS ! ET TIENS !
Aïe ! Ouïlle !
Hey !? Mais elle va le...!!
Vous avez vu ? Non mais vous avez vu ? Quel tempérament, hein ?! Elle est merveilleuse, n'est-ce pas ?!
50

... merveilleuse...
TOK
TOKTOK
Oh, Pupuce ! Des roses !
Et ceci pour Orchidea...
SOYOUZ
Ruby ?
Tu aimes toujours ces petites boules de malt ?
Whoppers
Tu te souviens de la fille du quartier ?
Je transpirais à flots dès qu'elle apparaissait au coin de la rue !
Un jour, tu retirais un sweatshirt lorsqu'elle est arrivée, et Virgil a prétendu que tu étais sorti de ton sweat par la manche !
51

Et les vacances des poissons rouges dans la baignoire !
Le plus beau, c'est lorsqu'on s'est fait vider de l'immeuble, à Atlanta...
Maman qui avait séquestré la clé de la chambre à lessive ! Et les mégères des autres étages qui fulminaient dans l'escalier !...
J'aimerais bien avoir un enfant, moi aussi...

Orchidea

Orchidea's BAR
Orchidea's BAR
Budweiser
Hi, Ells-worth ! Splendide ce bar !
Un cocktail "Grande Ourse" ?
VIET NAM
Voilà des bières fraîches !
Hey ! Orchidea bouge comme jamais ! Elle s'est mise à danser, elle aussi !
DRINK
BOTTLES
ONLY
COW GIRLS
ARE BRAVE
VIET NAM
WELCOME HOME MINISTRIES
Dad ... cette musique ... - Je croyais que tu n'appréciais que Bach et Mozart ?!!
C'est aussi ce que je croyais !

Somptueux, tous ces Marlboro Men !
Je vous aime bien, malgré tout !
Malgré quoi ?! — Ruby, je t'emmène demain dans l'avion pour New York. On parlera de ce clip TV pour les pâtes italiennes. Et puis, tu verras d'autres têtes. Il faut que tu trouves un père à ton futur bébé !!
Bud
WELCOME HOME MINISTRIES
C'est d'accord ! On pourrait en profiter pour monter jusqu'au Ver-mont. Quelques jours avec maman.
OK !
weis

Je n'ai pas pu...
Tu m'as manqué terriblement... Je vous veux, notre bébé et toi. — J'ai trouvé du travail à Palm Springs...
Tu me pardonneras ?...
Tu es revenu, c'est tout ce qui compte.
C'est Bobby...
Je sais.
Si tu as décidé de partir, je préférerais que ce soit tout de suite...
Pupuce... Je n'oublierai jamais tout ce que tu as fait pour moi... Je ne t'oublierai jamais.
55

J'ai une faveur à te demander...
Donnez-lui un autre prénom.
J'aurais aimé connaître leur bébé...
Elle a dit qu'elle vous aimait bien tous les trois.
Je voudrais qu'on me ramène à Big Bear.
56

Orchidea

BAR
Miller
HIGH LIFE
FOR SALE
VIRGIL E. HUMELSINE
SANTA MONICA
CA 90402
N'oublie pas de laisser les clés dans le vide-poche, à l'aéroport. — Le garagiste passera dans la soirée.
57

LITTERING HIGHWAYS UNLAWFUL
Tu reprends quelque chose?
BIG BEAR
RESTHOME FOR THE ELDERLY